Couverture inférieure manquante

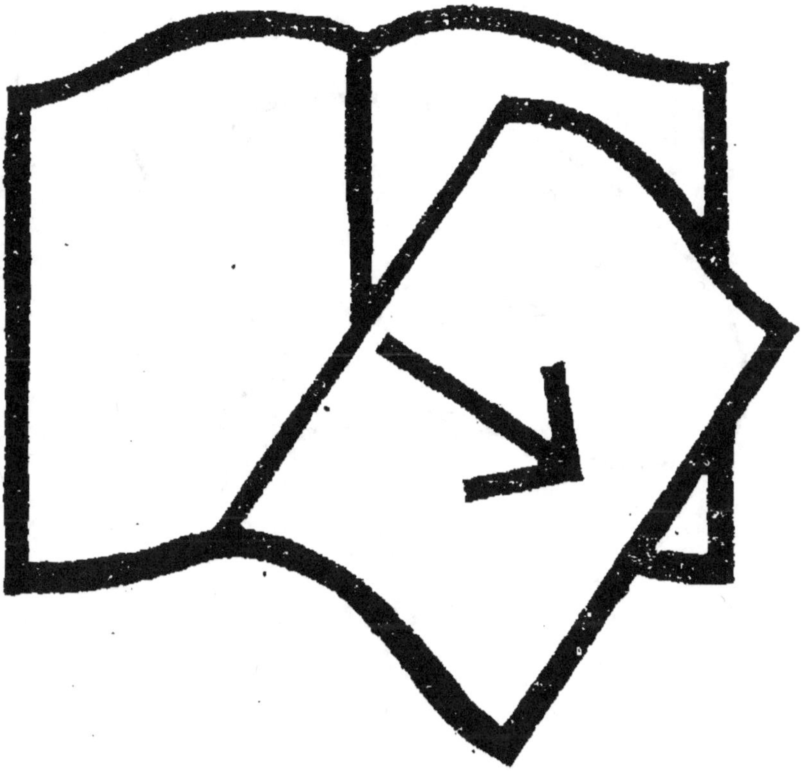

COUVERTURE INFERIEURE D'IMPRIMEUR.

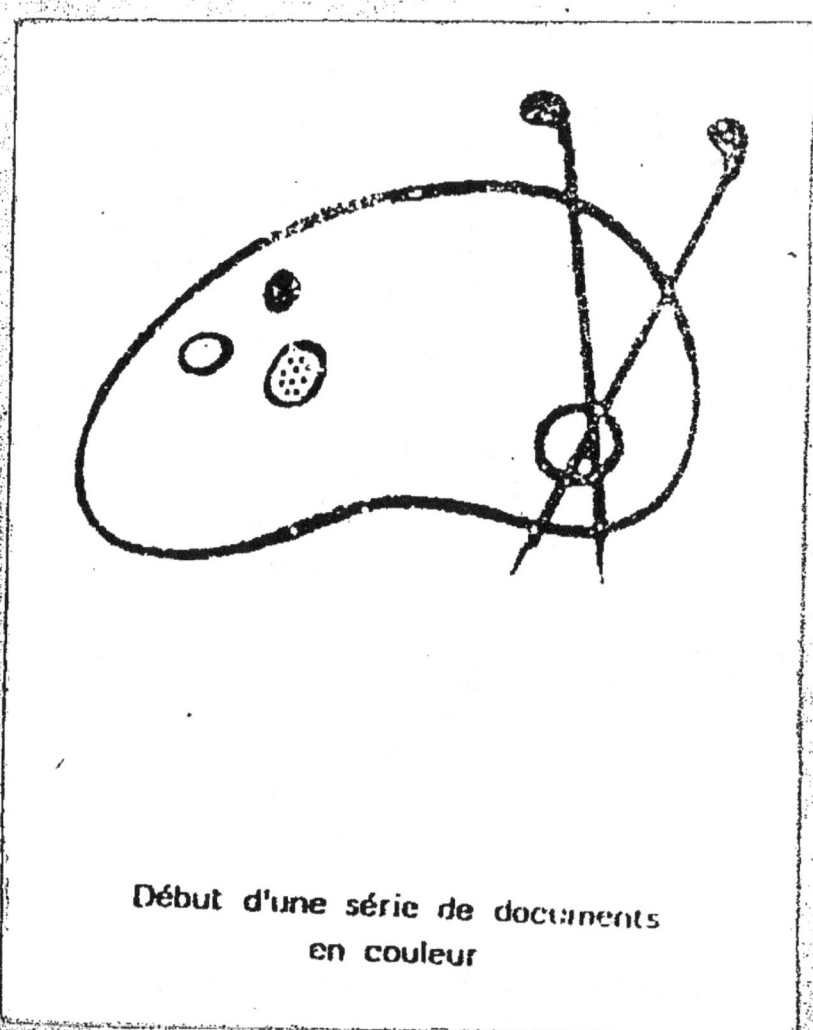

Début d'une série de documents
en couleur

COUVERTURE SUPERIEURE D'IMPRIMEUR.

298

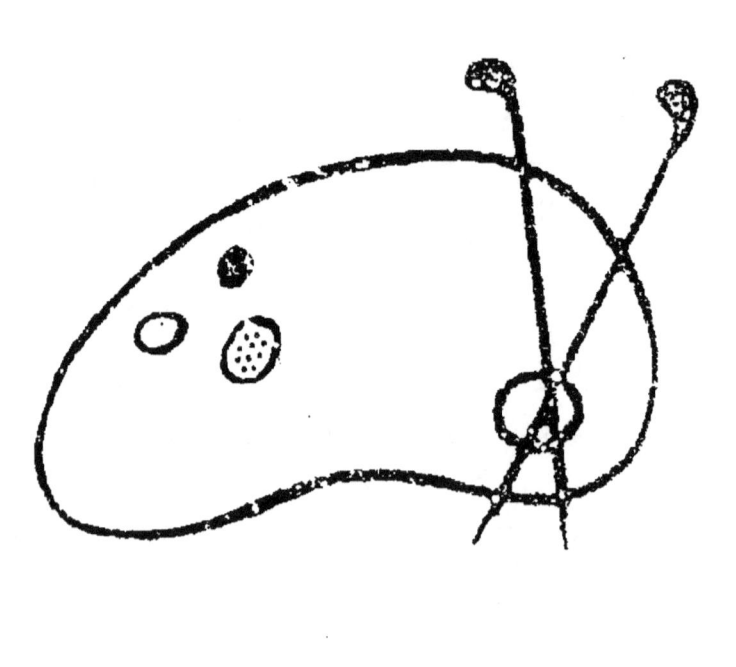

Fin d'une série de documents
en couleur

BATAILLE AVEC DES OURS

—

In-12 Troisième Série.

—

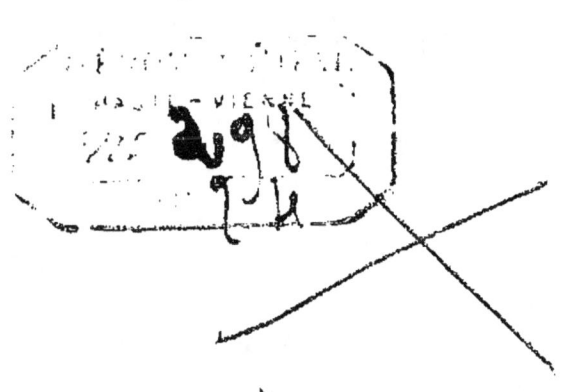

CAPITAINE MAYNE-REID

BATAILLE

AVEC DES OURS

TRADUCTION

DE BÉNÉDICT-HENRY RÉVOIL

LIMOGES

EUGENE ARDANT et Cⁱᵉ, ÉDITEURS

BATAILLE AVEC DES OURS

L'ours grizzly (ursus ferox)
est, sans contredit, la bête
sauvage la plus terrible que
l'on trouve sur le continent
américain, sans même en ex-
cepter le jaguar et le couguard.
Si cet animal était aussi agile
que le lion ou le tigre du vieux
continent, il serait tout aussi
dangereux qu'aucun de ces
deux carnassiers, car il a toute

la force du premier et sa férocité égale celle du second. Heureusement le cheval court plus vite que l'ours grizzly, sans cela l'homme deviendrait souvent sa victime, car sa vitesse ordinaire dépasse celle d'un bon coureur à pied. Des récits sans nombre, tous parfaitement authentiques, attestent la vigueur de cette bête terrible, et on rencontre peu de chasseurs des montagnes, en Amérique, qui n'aient à raconter quelque aventure épouvantable avec un ours grizzly, dont le dénoûment a trop souvent laissé à déplorer la perte de quelque être humain sacrifié à la férocité de ce monstre sauvage.

L'ours grizzly est d'une taille énorme; on a tué et mesuré des individus de cette espèce aussi gros que les plus grands ours polaires. Il y a cependant beaucoup de variétés dans la même race. En moyenne, il pèse à peu près cinq cents livres.

La taille de l'ours grizzly est bien plus gigantesque que celle de l'ours noir ou de l'ours blanc; il a les oreilles plus longues, les pattes de devant plus fortes et l'aspect plus féroce. Ses dents sont longues et aiguës; mais ce que les chasseurs redoutent le plus en lui, ce sont les armes qu'il porte au bout de ses pattes. Celles-ci sont par elles-mêmes d'une dimension telle, que souvent dans la boue on rencontre des traces de grizzly ayant douze pouces de long sur huit de large ; de l'extrémité de ces membres redoutables sortent des griffes ou plutôt des cornes de six pouces de longueur.

Il est bien entendu que nous parlons ici des individus de la plus grande taille.

Ces griffes sont faites en forme decroissant ; elles pourraient atteindre une dimension plus grande encore que celle qu'elles ont. Mais généralement la marche les use à un pouce de la pointe.

Cet animal fouille la terre pour y chercher des marmottes, des écureuils cuniculaires, ainsi que plusieurs espèces de racines nourrissantes : c'est à cette habitude qu'on doit attribuer l'état de ses griffes, qui sont cependant encore assez aiguës pour lui servir à dépouiller ou un bison, où scalper la chevelure d'un chasseur, emploi dont les ours grizzly se sont acquittés en maintes circonstances.

Cet animal a ordinairement le poil brun mélangé de blanc ; c'est ce qui lui donne cette apparence grisâtre ou grisonnante d'où il a tiré son nom populaire ; mais bien que ce soit la couleur générale de l'espèce, on en rencontre de nombreuses variétés. On en voit de blancs, de jaunâtres, de roux et même de presque noirs. La saison influe beaucoup sur sa couleur. Sa fourrure est en général plus longue et moins lisse que celle de « l'ursus americanus. » Ses yeux sombres et perçants sont petits eu égard à son énorme taille.

L'ours grizzly parcourt une vaste étendue de contrées. On sait que la grande chaîne des montagnes Rocheuses commence aux bords de l'océan Arctique et se prolonge au sud en scindant en deux le continent de l'Amérique du Nord. Partout, dans ces montagnes, on rencontre l'ours grizzly, depuis leur extrémité septentrionale jusqu'aux limites où le Rio-Grande fait un coude pour se jeter dans le golfe du Mexique.

Dans les Etats-Unis et dans le Canada, on n'a jamais vu d'ours grizzly à l'état sauvage. Cela n'a rien d'extraordinaire. Cette espèce d'ours n'a aucune inclination pour les pays couverts de forêts, et, avant la colonisation de ces territoires, leur surface était entièrement boisée. Il est rare de trouver l'ours grizzly comme le noir, son congénère, sous des arbres de haute futaie, car il diffère de celui-ci en ce qu'il ne sait pas grimper aux arbres. L'ours noir, au contraire, s'élance sur un tronc en l'embrassant ; il tue ordinairement sa victime en l'étouffant entre ses bras ;

l'ours grizzly n'a point la faculté de grimper de la sorte le long des arbres, et, s'il essayait, ses longues griffes lui seraient plus nuisibles qu'utiles.

Il se plaît surtout au milieu des taillis de cytises aux grappes rouges (corysus rubus) et «d'amélanchiers,» sous l'ombrage desquels il établit son repaire, et dont les fruits composent une partie de sa nourriture. Il aime le voisinage d'un ruisseau, afin de chasser parmi les saules de la rive.

On le rencontre encore errant sur les pics arides et escarpés, où le pin rabougri et le cèdre nain (juniperus prostrata) forment des buissons presque impénétrables.

En un mot, l'ours grizzly d'Amérique se trouve dans des localités tout à fait semblables à celles que fréquente de préférence le lion d'Afrique, qui, après tout, règne moins sur les forêts que sur la montagne et sur la plaine.

L'ours grizzly est omnivore. Le poisson, le gibier, les volailles, il dévore tout avec la même jouissance, et n'épargne pas plus les grenouilles que les lézards et les autres reptiles.

Il a un goût prononcé pour les larves d'insectes qu'on trouve fréquemment attachées en quantités innombrables aux parois des troncs creux. Pour y parvenir, l'ours grizzly fait souvent tourner lui seul des arbres qu'une paire de bœufs aurait peine à remuer.

Il fouille la terre aussi bien qu'un sanglier, et parfois il laboure des arpents entiers de prairies pour y chercher le wapatoo et le navet indien. Comme l'ours noir, il aime les douceurs, et recueille avidement dans son énorme patte toute sorte de menus fruits, tels que la groseille, la fraise et plusieurs autres espèces de baies sauvages.

Il n'est pas assez agile à la course pour attraper les bisons, les élans et les cerfs, mais il les prend quelquefois par surprise, et lorsqu'il peut poser ses griffes dessus il terrasse le bison le plus fort.

Il lui arrive assez souvent d'enlever son repas à la panthère et de chasser une troupe entière de loups se ruant sur le cadavre d'un animal qu'ils viennent d'abattre.

On a fait plusieurs fois l'essai d'élever de jeunes oursons grizzly, mais ces tentatives ont été infructueuses. Lorsqu'ils sont jeunes, ces petits animaux se montrent fort peu traitables, mais dès qu'ils ont atteint une certaine taille, leur férocité naturelle prend le dessus, et leurs instincts féroces obligent de s'en défaire.

Pendant bien longtemps le grand ours polaire a été l'animal le plus célèbre de son espèce; il a servi de texte à la plupart des histoires que rapportent les chasseurs d'ours. Combien d'aventures n'a-t-on pas racontées dans lesquelles son audace et sa férocité avaient été fatales aux baleiniers et aux voyageurs des régions arctiques ? Malgré cela, de nos jours, tout porte à croire que sa réputation va être détrônée par celle de son congénère l'ours grizzly.

L'attraction irrésistible, cette soif de l'or qui a attiré près de la moitié de la population du monde dans la Californie, a eu ce bon côté de faire mieux connaître les mœurs de cet animal féroce, qui paraît se plaire surtout dans les vallées de la Sierra-Nevada. Les grandes troupes d'émigrants, en traversant les vastes plaines et les déserts qui s'étendent depuis le Mississipi jusqu'aux bords de la mer du Sud, ont aussi été constamment tenues en émoi par la rencontre de ces carnassiers. Aussi que de milliers de récits plus ou moins vrais, d'aventures et d'attaques d'ours plus ou moins fabuleuses, se sont glissés dans les colonnes des journaux et dans les livres de voyages! L'ours grizzly est enfin devenu presque aussi intéressant que l'éléphant, l'hippopotame et le roi des animaux lui-même, le lion des déserts africains.

Pour parler sérieusement, l'ours grizzly est un terrible

antagoniste. Les chasseurs de race blanche ne l'attaquent jamais à moins d'être montés sur de bons chevaux et parfaitement armés ; les Indiens estiment autant le courage de celui qui en tue un que la valeur du guerrier qui scalpe la chevelure de son ennemi vaincu. Du reste, les Peaux-Rouges n'attaquent jamais un de ces animaux s'ils ne sont pas réunis en nombre considérable ; cette chasse générale est alors précédée d'un festin de cérémonie et de la danse de l'ours.

Il arrive quelquefois au trappeur solitaire de faire la rencontre de ce terrible quadrupède. Autant alors vaudrait pour lui qu'il eût à combattre deux Indiens armés de leurs tomahawks et de leurs lances.

Je vais vous raconter une aventure qui m'est personnellement arrivée à moi il y a environ deux ans. C'était sur la Platte, entre Chimbly-Rock et le fort Laramies.

Je m'étais engagé, en qualité de chasseur et de guide, dans une caravane d'émigrants qui se dirigeaient du côté de l'Orégon.

Je n'ai pas besoin de vous dire que je me tenais toujours en tête, et que je choisissais moi-même chaque soir la place du campement.

Or donc, une après-midi, j'avais fait halte près de bouquets d'arbres, et le bois est rare dans les environs de Chimbly-Rock. Voilà, me dis-je, un bon endroit pour dresser notre camp. Je mis donc pied à terre; je débarrassai ma vieille jument de sa selle, et je l'attachai à un piquet au milieu de la meilleure pièce de gazon qui se trouvait dans le voisinage. Je voulais que la pauvre bête eût le temps de se remplir le ventre avant que le bétail de la caravane ne vînt la tourmenter et lui rogner la portion.

J'avais tué un cerf de l'espèce à queue noire; et, après avoir allumé du feu, j'en fis rôtir une tranche que je mangeai.

On n'apercevait pas encore la caravane; je profitai donc

de ce retard, et suspendant mon cerf hors de la portée des loups, je pris ma carabine et je m'en allai faire une reconnaissance dans les environs.

Ma jument était fatiguée, aussi je la laissai paître à son aise dans son herbage, et je me mis en route à pied. Cette imprudence, permettez-moi de vous le dire, lecteurs, est certainement la plus grande folie qu'un homme puisse commettre dans les prairies, et je ne tardai pas à m'en apercevoir. Mais je vous expliquerai cela en temps et lieu.

Je commençai d'abord par gravir un coteau assez élevé, d'où il m'était facile d'examiner à mon gré tout le pays d'alentour. Au sud-ouest s'étendait une vaste prairie : on ne voyait des arbres que par-ci par là, des cotonniers sauvages disséminés sur le penchant de la colline.

A peu près à un mille de distance, j'aperçus un troupeau de chèvres, ce que vous appelez des antilopes, vous autres, bien que ce soient des chèvres, aussi vrai que chèvres sont chèvres.

Il n'y avait pas de couvert de leur côté, pas une touffe de bois ; la prairie était aussi nue que la main ; de sorte que je vis du premier coup que ce n'était point la peine de chercher à les approcher à portée. Le seul moyen, pour réussir à en tuer une, c'était d'user de ruse pour attirer ces pauvres créatures.

J'eus bientôt deviné quel plan je devais suivre, je retournai au camp pour y chercher ma couverture, qui était un vrai mackinaw rouge pur sang. Je savais, par expérience, que c'était là la seule chose capable d'amener les chèvres dans le piège, et je me dirigeai de leur côté.

Pendant le premier demi-mille je portai ma couverture sous le bras ; puis je l'étendis devant moi de manière à m'en couvrir, et je marchai ainsi caché aux animaux jusqu'à ce que je fusse parvenu à environ deux ou trois cents pas du troupeau. Je tenais l'œil fixé sur les chèvres à travers un trou pratiqué dans la couverture; elles commençaient à s'effrayer et à courir en cercle; dès que je m'aperçus de ce mouvement, je vis qu'il était temps de m'arrêter.

Je m'accroupis sur le sol en tenant devant moi la couverture, je la suspendis à un pieu que j'avais apporté du camp, et je l'enfonçai dans la terre; ce n'était pas une besogne facile, car la prairie était gelée partout, et je fus obligé de creuser un trou avec mon couteau. Malgré la difficulté, je réussis à faire tenir l'engin de façon que la couverture me couvrait tout le corps. Je n'avais plus alors qu'à attendre

que les chèvres vinssent à portée de ma carabine.

Ce ne fut pas long. Comme
vous le savez tous, lecteurs, les
chèvres sont les bêtes les plus
curieuses qu'on puisse voir,
aussi curieuses que des femmes, ce qui n'est pas peu dire,
— après avoir couru de côté et
d'autre pendant quelques minutes, en secouant leurs têtes
et en reniflant, une des plus
grasses, — c'était un jeune
bouc aux cornes naissantes, —
s'avança au trot jusqu'à cinquante pas de moi.

Je pris à peine le temps de
jeter un coup d'œil le long du
point de mire de mon fusil, et,
avant que l'animal n'eût eu le
temps de remuer la tête, il

2

était frappé d'une balle entre les deux yeux et renversé sur l'herbe.

Vous tous , lecteurs , vous vous seriez élancés hors de la cachette , et vous auriez effrayé tout le rest du troupeau. Avouez que vous auriez tous agi de la sorte. Quant à moi, voyez-vous, je ne fus pas si bête! je savais que tant que les animaux n'auraient pas aperçu mon museau, ils ne feraient nulle attention à un coup de fusil; aussi je me tins coi, afin d'avoir au moins la chance d'en tuer un autre.

Comme je l'avais prévu , les chèvres ne songèrent pas à se sauver, et je rechargeai mon fusil avec autant de prestesse

que possible. Juste au moment
où je me préparais à viser une
chevrette qui s'était rapprochée
de moi, je vis tout d'un coup la
troupe entière faire un bond
simultané et se sauver comme
si chaque bête avait à ses trous-
ses toute une meute de loups
de prairies.

Je restai stupéfait , car je
savais n'avoir fait aucun mouvement capable de les effrayer;
mais j'eus bientôt découvert la
cause de l'alarme: j'entendis
derrière moi une sorte de gro-
gnement, comme qui dirait un
accès de toux d'un cheval en-
rhumé; je me retournai aussitôt, et que vis-je, grand Dieu!
l'ours le plus monstrueux que
j'eusse jamais rencontré de ma

vie! Il s'avançait droit sur moi, et, en ce moment suprême, il n'était pas à plus de vingt pas de l'endroit où j'étais blotti. Je l'avais reconnu au premier coup d'œil, c'était un ours grizzly!

Je crois inutile de vous dire, lecteurs, que j'eus peur. J'avais peur, et grand'peur, je le confesse humblement.

Mon premier mouvement avait été de me relever et de courir de toutes mes forces, mais un instant de réflexion avait suffi pour me démontrer que ce serait peine perdue. Il il avait tout autour de moi au moins un demi-mille de prairies sans arbre, et je savais que le grizzly m'attraperait avant que j'eusse fait cent pas. Je n'igno-

rais pas non plus que si je me
mettais à courir, la maudite vermine ne manquerait pas de me
suivre et d'aller plus vite que
moi. Il était facile de voir que
cet ours-là avait de mauvaises
intentions ; on le devinait rien
qu'au roulement de son œil féroce.

Je n'avais pas de temps à
perdre en hésitations inutiles,
la bête approchait toujours. Cependant, je remarquai qu'elle
marchait de plus en plus lente-
ment, se levant parfois sur ses
jambes de derrière, passant la
patte sur son museau et aspi-
rant l'air à pleins poumons.

C'était la couverture qui
l'inquiétait ; aussi quand je vis
cela, je me glissai derrière, le

plus près possible, et je me cachai derrière ce léger abri de manière qu'il couvrit tout mon corps.

Lorsque l'ours fut arrivé à environ dix pas, il s'arrêta court, il se releva comme il l'avait fait à plusieurs reprises, et présenta son ventre à mes yeux ébahis. Cette vue était trop tentante pour l'imbécile qui vous parle, lui qui jamais auparavant ne s'était laissé prendre ni aux frimes des ours ni aux ruses des Indiens.

C'était un beau coup à faire, et je ne pus m'empêcher d'en tenter l'essai. Je passai ma carabine à travers le trou de ma couverture, et j'envoyai ma balle dans les côtes de l'ours.

C'est peut-être le plus mauvais, le plus stupide coup de fusil que j'ai tiré de ma vie ! Si je n'avais pas fait feu, l'ours pouvait avoir peur de la couverture et se retirer ; mais j'eus tort de tirer, car j'avais les nerfs en mouvement, vu l'émotion de ma position désespérée , et, comme on le pense bien, je visai mal.

J'avais visé au cœur et je n'avais atteint la vermine qu'à l'épaule.

Cette blessure ne servit qu'à le rendre plus furieux ; la couverture avait perdu son prestige. Il se mit à pousser des cris pareils à ceux du taureau, à déchirer l'endroit où je l'avais atteint, puis il courut sur moi de toute la force de ses quatre pattes.

L'ouragan allait se déchaîner ; je jetai de côté mon fusil et je tirai mon couteau, dans l'attente d'une lutte à mort avec l'ours. Je savais qu'il n'était plus temps de songer à fuir, et je me préparai à un combat désespéré.

L'animal se trouvait à dix pieds de moi, lorsqu'une idée soudaine me passa par la tête. Lors de mon séjour à Santa-Fé, parmi les peaux jaunes du Mexique, j'avais assisté à deux ou trois combats de taureaux. J'avais alors remarqué la manière dont les matadors jetaient leurs manteaux rouges sur la tête juste au moment où on croyait les voir transpercés et éventrés par les cornes de l'animal furieux.

Ce tour d'adresse me revint à la mémoire, et, avant que l'ours n'arriva à portée, je saisis la couverture et je l'étendis devant moi, tout en prenant une position favorable pour attendre le choc.

Ah! quelle couverture que celle-là, lecteurs ; c'était la plus belle Mackinaw à cinq points qui jamais ait couvert les côtes d'un commerçant du nord-ouest. Quand il pleuvait, je la portais à la mode du Mexique, et, pour cela j'y avais pratiqué un trou au milieu pour y passer ma tête comme on le fait d'un poncho.

Eh bien donc, au moment même où l'ours s'élançait **sur** moi, je lui jetai la couverture droit à la face. J'eus le plaisir de voir son museau à travers le trou; mais croyez-moi, je ne restai pas là à regarder davantage. Je sentais déjà sur moi les griffes de la bête et je lâchai tout.

Voici maintenant , me disais-je, le moment de prendre les jambes à mon cou; la couverture va l'aveugler pendant quelques instants, il me faut prendre l'avance.

Aussi rapidement que possible, je me glissai derrière l'animal, et je ne mis à arpenter la prairie.

Le seul chemin que j'eusse

à prendre me menait droit au camp, à environ un demi-mille de distance. Il n'y avait pas sur le penchant de la colline un arbre plus près de moi. Si je parvenais à arriver là, j'étais sauvé , l'ours grizzly n'est pas grimpeur.

Pendant les premiers cent mètres, je ne pris pas le temps de regarder derrière moi, mais après, tout en courant, je me donnai le plaisir de jeter un coup d'œil en arrière.

L'ours était encore à peu près à l'endroit où nous nous étions quittés, toujours occupé de la couverte qu'il paraissait secouer avec fureur.

J'en fut fort étonné; mais cependant, je me m'arrêtai pas

pour voir ce que cela signifiait
que lorsque j'eus encore mis
entre lui et moi une centaine de
mètres. Alors, je me retournai
à moitié et je pus regarder à
mon aise. Soyez assurés, lecteurs que la scène qui s'offrit
à ma vue aurait fait rire un Mor-
mon lui-même. Quelques minutes auparavant, j'avais éprouvé
une peur de diable, et maintenant, que je sentais en sûreté,
je me pris à rire, mais si fort,
que j'en avais mal dans les côtes.

L'ours avait la tête entièrement passée dans le trou de
la couverture. Par moments, il
se dressait sur ses pattes de
derrière, et alors l'objet pen-
dait autour de lui comme un

poncho mexicain; un instant
après il retombait sur ses quatre pattes pour courir après
moi, et alors la couverture em-
barrassait ses jambes et lui faisait faire la culbute; il roulait
sur lui-même et se débattait
comme un diable, cherchant à
se débarrasser, et beuglant tout
le temps comme un bison en-
ragé. Par Jéhosapha ! c'était
bien la scène la plus comique
que j'eusse vue de ma vie.

Je restai un moment à m'a-
muser de ce spectacle, rien
qu'un moment ; car je savais
que si l'ours se débarrassait de
sa guenille il pouvait encore
m'attraper et me forcer à grimper à l'arbre. Je ne tenais pas
à me livrer à cet exercice; aussi

je repris ma course, et j'arrivai bientôt au camp.

Je sellai ma jument, et je revins à l'endroit où j'avais laissé mon fusil, tout disposé à le reprendre, si faire se pouvait, pour chatouiller mon ours au moyen de quelques autres grains de plomb.

Arrivé au haut de la colline, je vis encore la bête dans la prairie, toujours enveloppée dans la couverture. Néanmoins, le grizzly paraissait se diriger vers les hauteurs, pensant peut-être que ma compagnie n'était pas des plus agréables.

Je n'étais pas en humeur de lui laisser continuer tranquillement sa route après la peur qu'il m'avait occasionnée;

d'ailleurs, ce voleur-là n'emportait-il pas mon makinaw ? En un temps de galop j'arrivai à l'endroit où j'avais laissé ma carabine. J'y glissai une balle, et je courus après le vieux grizzly.

J'arrivai bientôt tout près de lui, et il se retourna plus farouche que jamais. Mais cette fois, monté sur le dos de ma jument, je me sentais plus en sûreté que dix minutes auparavant ; j'étais moins agité, et conséquemment mon coup d'œil était plus certain. Je lui envoyai donc dans le crâne une balle qui le fit rouler à terre, enveloppé dans son linceul.

Mais dans quel état se trouvait ma couverture ! Je n'avais

jamais rien vu de pareil. Il n'en restait plus un pied carré qui ne fut en lambeaux! Ah! messieurs, vous ne savez pas ce que c'est que de perdre un mackinaw à cinq points, bien sûr vous l'ignorez !

Que le diable emporte les ours! tel est mon vœu le plus sincère.

Je vais vous raconter une aventure qui m'est arrivée avec des Ours grizzly. Je voyageais alors en compagnie de gens de mœurs bizarres, des « chasseurs de chevelures, » dans les montagnes, près de Santa-Fé, où nous avions été ensevelis, au moment où nous y pensions le moins, dans les tourbillons d'une neige épaisse qui nous empêchait de continuer notre chemin et de quitter l'endroit où nous nous trouvions alors.

Le canon, vallée profonde dans laquelle nous avions établi notre camp, était difficile à franchir en toute saison, et dans ce moment surtout le sentier, couvert d'une épaisse couche de neige trop molle pour supporter notre poids, était devenu impraticable. Lorsque le jour parut, no s nous trouvâmes complétement enterrés.

Partout, du haut en bas, la vallée était interceptée par une avalanche qui avait cinq brasses de profondeur. Les défilés immenses, les « barrancas, »

étaient comblés ; aussi c'eût
été fort dangereux de s'aventurer même à quelques pas,
dans n'importe quelle direction.
Deux hommes avaient déjà dis-
paru dans un gouffre rempli de
neige.

Des deux côtés du camp s'éle-
vaient les murailles du canon,
dressées presque à pic, à près
de cent pieds de hauteur. Si le
temps avait été plus doux, on
eût pu essayer de les gravir,
car le roc, dans sa conforma-
tion, offrait de nombreuses
galeries ; mais celles-ci étaient
alors recouvertes d'une couche
de glace et de neige qui rendait
toute ascension impossible. Le
terrain était glacé à plusieurs
pouces de profondeur avant

que la tourmente ne se fût déchaînée, et quoique depuis quelques heures il ne gelât plus, la neige ne pouvait pas encore nous porter. Tous les efforts que nous fîmes pour sortir de là furent inutiles, et nous y renonçâmes bientôt, nous abandonnant à une sorte de vague désespoir, pour attendre quoi, nous n'en savions positivement rien.

Pendant trois jours entiers nous restâmes assis autour de nos feux, jetant de temps à autre du côté du ciel un regard sombre et investigateur. C'était toujours le même horizon, d'un gris monotone, parsemé de nuages que la brise poussait vers l'est, car la neige tombait toujours. Nous n'avions pas même la satisfaction d'entrevoir un point éclairci pour réjouir nos yeux fatigués.

La petite plate-forme sur laquelle nous étions campés, et qui pouvait avoir deux ou trois arpents d'étendue, exposée, comme elle l'était, au vent qui la balayait sans cesse, n'avait pas jusqu'alors été encombrée par la neige; sa surface était couverte de quelques pins épars, mal venus et totalement dépouillés de feuilles; il y avait environ de cinquante à soixante pieds d'arbres en tout. C'était avec ce bois que nous entretenions nos feux; mais à quoi nous servait le feu puisque nous n'avions pas de viande à faire cuire?

Depuis trois jours nous étions sans vivres, entendez-vous? mais cependant nous ne nous trouvions pas tout à fait sans nourriture. Les hommes avaient découpé les fourreaux de cuir de leurs fusils et les doublures de peau de chat de leurs poches à balles, et on en voyait qui mangeaient, pour dernière ressource, — je me trompe pourtant, il en restait encore une, — on en voyait, dis-je, qui décousaient la semelle de leurs mocassins afin de s'en rassasier.

Les femmes, enveloppées dans leurs «tilmas», cherchaient un refuge sur le sein de leur

père, de leur mari, car toutes
les affections, tous les senti-
ments se trouvaient représen-
tés dans notre caravane. Les
derniers morceaux de «tasajo»
conservés pour elles leur
avaient été distribués le matin ;
il n'en restait plus. Avec quoi
leur fournirait-on leur prochain
repas ? Parfois, lorsque la brise
s'engouffrait, froide et coupan-
te, dans les profondeurs de la
vallée, on entendait murmurer
tout bas : «Ay de mi, Dios de
mi alma!» Mais sur le visage
de ces belles créatures on ne
lisait que l'expression d'une
patience résignée, et c'était
vraiment un spectacle poignant
que d'examiner d'un œil sec
cette endurance profonde, si

caractéristique chez les femmes hispano-mexicaines.

Les hommes qui les entouraient montraient moins de courage, maigré le stoïcisme empreint sur leur visage. On les entendait de temps à autre prononcer d'horribles blasphèmes, accompagnés de grincements de dents, et on pouvait suivre dans leurs regards cette expression étrange, cet éclat hagard qui dénote l'approche de la folie. Une fois ou deux je crus découvrir une pensée sinistre, encore plus sauvage que la démence. Aux anneaux bistrés qui encadraient leurs yeux, à la torsion des muscles qui frémissaient autour de leurs mâchoires pendantes et affa-

mées, je devinai cette heure
où les hommes qui se gardent
les uns les autres préméditent
un crime. Grand Dieu! c'était
horrible à voir! la discipline,
souvent impuissante pour
dompter ces demi-brigands,
n'existait plus en présence des
souffrances communes. Je fris-
sonnai en songeant... lorsqu'une voix s'écria:

— L'horizon s'éclaircit un
peu par là-bas.

Le trappeur Garey, qui s'était
levé de sa place et se tenait
tourné du côté de l'est, venait
de prononcer ces paroles.

En un mot nous fûmes tous
sur pied, promenant d'avides
regards dans la direction indi-
quée. C'était vrai! On aperce-

vait une éclaircie dans le ciel
de plomb qui nous assombris-
sait depuis si longtemps ; une
longue bande jaunâtre, qui
s'élargit pendant que nous la
considérions, scindait l'horizon
en deux. La neige devenait
moins épaisse et ses flocons
plus légers ; en moins de deux
heures elle avait entièrement
cessé de tomber.

Nous partîmes bientôt, au
nombre de six, armés de nos
carabines, dans le but d'aller
explorer le bas de la vallée.
Malgré nos efforts inouïs pour
nous frayer un sentier à tra-
les amas de neige, cela nous fut
impossible. La neige nous venait souvent par dessus la tête,
et, après deux heures d'un tra-

vail opiniâtre, nous n'avions pas pu nous avancer à plus de deux cents mètres. Là, nous examinâmes avec stupéfaction la scène qui s'offrait à nos yeux. Aussi loin que notre vue pouvait s'étendre, on ne découvrait que les mêmes masses de neige infranchissables, Le désespoir et la faim paralysaient nos forces, et, l'un après l'autre, nous abandonnâmes l'entreprise pour retourner au camp.

Nous étions accroupis autour de nos feux, gardant tous un sombre silence. Garey continuait à marcher de long en large ; tantôt il contemplait le ciel, tantôt il s'agenouillait et passait la main sur la surface de la neige. Enfin il s'approcha du feu, et nous dit avec ce ton de voix lent, traînant et nasillard particulier aux Yankees:

— Je crois qu'il va geler.

— Eh bien, supposons qu'il gèle? demanda un de ses compagnons, sans se soucier qu'on répondit à sa question.

— S'il gèle! répéta le trappeur, nous serons hors d'ici avant le lever du soleil, nous marcherons sur un sentier dur et bien battu.

A ces mots, toutes les physionomies changèrent d'expression comme si elles eussent subi l'influence d'un pouvoir magique. Plusieurs d'entre nous se levèrent sur leurs pieds. Godé le Canadien, très entendu à tout ce qui avait rapport à la neige, courut vers une élévation, et passant la main sur le cône le plus élevé :

— C'est vrai, mes amis, il gèle, il gèle!

Peu de temps après, un vent froid se mit à souffler, et, ranimés par une perspective plus consolante, nous songeâmes à rallumer les feux que nous avions presque laissés s'éteindre. Les Delawares, armés de leurs tomahawks, attaquèrent les pins, tandis que d'autres traînaient les arbres tombés, et en coupaient les branches à l'aide de leurs couteaux à scalper.

En ce moment, un cri particulier attira notre attention; lorsque nous tournâmes les yeux dans la direction d'où il était parti, nous vîmes un des Indiens tomber sur ses genoux et frapper le sol de sa hache.

— Qu'est-ce donc? qu'y a-t-il s'écrièrent plusieurs voix et presque autant de langages différents.

— Yam-yam! Yam-yam! répondit l'Indien creusant toujours le sol glacé.

L'Indien a raison, c'est le «man-root» (racine humaine), dit Garey tout en examinant quelques feuilles que le Deleware avait séparées avec sa hache.

Je reconnus aussitôt une plante fort appréciée par tous les coureurs des bois, une espèce de convolvulus rare et

merveilleuse, (l'iponea lepto-
phylla.) Les chasseurs lui ont
donné le nom de racine humaine ou plutòt «d'homme-racine,»
à cause de sa ressemblance,
pour la forme et quelquefois
pour la grosseur, avec le corps
humain. C'est une racine savou-
reuse et pouvant fort bien
servir de nourriture.

En moins d'un instant,
une demi-douzaine d'individus
étaient à genoux, cherchant à
fendre à coups de hache la terre
durcie, mais le fer y avait aussi
peu de prise que sur un rocher
de granit.

— Attendez donc! s'écria
Garey, vous ne faites qu'endom-
mager vos outils.. Coupez-moi
un de ses troncs de pin, et

allumez un bon feu sur la racine.

On se hâta de suivre son conseil ; quelques minutes suffirent pour entasser une douzaine de bûches de pin à l'endroit désigné, et on se hâta d'y mettre le feu.

Nous entourions le brasier dans une attente fiévreuse, dans une avidité doublée par les tiraillements de nos estomacs. Si la racine était un «homme» de bonne taille, nous pouvions tous espérer un bon repas. L'idée seule de manger suffit pour nous rendre nos forces et même pour ramener la gaieté ; quelques plaisanteries, les premières que nous entendions depuis bien longtemps, rendirent à tous l'espérance. Les chasseurs se réjouissaient de l'idée de déterrer le « vieux » tout rôti, et l'on se demandait mutuellement si ce serait un « vieillard » bien gras et bien dodu.

Tout d'un coup un craquement se fit entendre au dessus de nos têtes, on aurait dit le bruit que fait un arbre mort en se fendant. Un être de dimension énorme, un animal, s'était précipité et tombait, en roulant comme un tourbillon, du haut d'une galerie taillée à mi-côte dans le rocher. Un instant après il touchait à terre, la tête en avant, avec un fracas terrible, et bondissant à plusieurs pieds de hauteur, il retombait d'aplomb sur ses quatre pattes.

Un hurra involontaire fut poussé à l'instant par les chasseurs, qui tous, du premier coup d'œil, avaient reconnu le «carnero cimeron» ou bouquetin à grosses cornes. Il avait franchi le précipice en deux bonds, tombant chaque fois sur ses énormes cornes, dont la forme était celle de croissants dentelés.

Pendant un instant, les chasseurs et le gibier parurent également surpris de se trouver en présence, ils restèrent à se regarder en silence. Mais aussitôt les premiers coururent à leurs carabines, et l'animal, revenu de sa surprise, rejeta

sa tête et ses cornes sur ses
épaules, et s'élança sur la plate-
forme. En douze ou quinze
bonds il était arrivé sur la bordure du terrain couvert de
neige, et il s'enfonça dans ses
molles profondeurs. En même
temps plusieurs coups de feu
retentirent, et on put apercevoir
derrière lui de longues
traces de sang. Il allait toujours
néanmoins, sautant et bondissant au milieu de la neige, dans
laquelle il disparaissait souvent
tout entier.

Nous nous élançâmes sur ses
traces avec une ardeur pareille
à celle de loups affamés ; les
nombreuses taches qui rougis-
saient le sentier nous prou-
vaient que l'animal perdait

tout son sang; et en effet, à
cinquante pas plus loin, nous
le trouvâmes expirant.

Un cri de joie fit connaître
à nos compagnons l'heureux
succès de notre chasse: nous
commençions déjà à traîner
notre proie vers le campement,
lorsque des clameurs partant
de la plate-forme vinrent frapper nos oreilles. C'était un
mélange confus de voix d'hommes, de cris de femmes, entremêlés d'imprécations et d'ex-
clamations de terreur.

Nous nous précipitâmes vers
l'entrée du sentier qui condui-
sait à notre lieu de halte, et là
nos yeux furent témoins d'une
scène bien faite pour frapper
d'épouvante le cœur du plus

courageux. Les chasseurs, les
Indiens, les femmes, couraient
çà et là comme des gens atteints
de folie, poussant des hurlements horribles, impossibles à
expliquer, se montrant l'un à
l'autre du geste la cime des
rochers. Nos regards se portèrent dans cette direction.
Une rangée de créatures affreu-
ses se tenaient au bord du
précipice. Nous les reconnû-
mes aussitôt. C'étaient les
monstres les plus redoutés de
la montagne, c'étaient des ours
grizzly.

Il y en avait cinq! cinq en vue,
sans compter ceux qui pou-
vaient se trouver attardés. Cinq
ours! c'était plus qu'il n'en
fallait pour nous exterminer

tous, parqués dans un étroit espace, et affaiblis par la faim comme nous l'étions.

Ils étaient arrivés là à la poursuite du bouquetin, et on pouvait deviner à la lueur sinistre qui s'échappait de leurs yeux que la faim et la rage de se voir privés de leur proie les pousseraient à quelque extrémité. Deux d'entre eux étaient déjà parvenus en rampant jusqu'au bord de l'escarpement, en reniflant et en sondant le sol avec leurs pattes, comme s'ils cherchaient un endroit favorable pour descendre.

Les trois autres quadrupèdes s'assirent sur leurs pattes de derrière et se mirent à faire manœuvrer leur train de devant d'une façon extraordinaire, en exécutant la pantomime la plus bizarre. On aurait dit des hommes recouverts de peaux de bêtes!

Nous n'étions pas dans une situation d'esprit qui nous permît de prendre goût à ce divertissement. Chacun se hâta d'aller prendre ses armes, et ceux qui avaient fait feu les rechargèrent au plus vite.

— Arrêtez sur votre vie, ne tirez pas! s'écria Garey saisissant le canon du fusil de l'un des chasseurs.

L'avis venait trop tard. Une douzaine de balles sifflaient déjà dans la direction des ours.

L'effet de la fusillade fut celui

qu'attendait le trappeur. Les ours, rendus furieux par les balles qui ne leur avaient pas fait plus de mal que des piqûres d'épingles, retombèrent sur leurs quatre pattes, et, poussant des grognements de colère, se mirent en devoir de descendre.

La confusion fut alors à son comble. Quelques hommes, moins braves que leurs camarades, coururent se blottir dans la neige, tandis que d'autres grimpaient le long des pins qui se trouvaient à leur portée.

— Faites cacher les femmes! s'écria Garey. Allons donc, maudits fainéants d'Espagnols! Si vous ne voulez pas combattre, veillez aux femmes, tous

tant que vous êtes, faites-les
cacher dans la neige. Tas de
lâches ! pouah ! vers la terre !
pourceaux !

— Sauvez les femmes d c-
teur, dis-je à l'Allemand, qui,
selon moi, nous était d'un se-
cours inutile pendant la bataille,
et sans se faire prier celui-ci,
aidé de quelques Mexicains,
entraînait les femmes effrayées
vers l'endroit où nous avions
laissé notre gibier.

La plupart d'entre nous
savaient que, dans les circonstances actuelles, se cacher
était pire que combattre. Les
ours, rendus sagaces par leur
férocité, nous auraient déterrés
l'un après l'autre et massacrés
en détail. Il fallait donc les

attendre et leur livrer bataille : tel était le mot d'ordre, et nous étions résolus à ne pas nous départir de cette résolution.

Nous étions une douzaine de combattants, en tout, y compris les Delawares et les Shawanoes, Garey et les autres trappeurs.

Nous ouvrîmes le feu sur les ours, qui couraient le long des arêtes tortueuses du canon pour arriver jusqu'à nous. Par malheur nos carabines n'étaient pas en état, nos doigts étaient roides de froid et nos nerfs affaiblis par la faim. Nos balles faisaient saigner ces hideuses brutes, mais aucune des blessures n'était mortelle: nos coups n'avaient d'autre résultat que celui d'exciter leur rage.

Quel moment terrible fut celui où nous nous aperçumes que nos dernières munitions étaient épuisées sans que nous eussions eu la chance d'abattre un seul de nos ennemis! Nous jetâmes de côté nos carabines, et, saisissant nos haches et nos couteaux de chasse, nous attendimes de pied ferme ces farouches adversaires.

Nous nous étions avancés tous contre le rocher, afin de porter les premiers coups aux ours grizzly, qui, ordinairement, descendent à reculons. Nous fûmes encore déçus dans cette espérance. Arrivés à une galerie, situé à environ dix

pieds au dessus de la plate-
forme, celui qui se trouvait en
tête, s'apercevant de la position
que nous occupions, hésita
tout à coup : on aurait dit qu'il
n'osait plus descendre. L'instant d'après, ses compagnons,
rendus furieux par leurs blessures vinrent s'abattre sur la
même galerie, et, soudain, tous
les cinq se précipitèrent au
milieu de nous.

Alors commença une lutte
désespérée, que je ne saurais
décrire. Les clameurs des coureurs des bois, les cris sauvages de nos alliés indiens, les
rauques hurlements des ours,
le bruit des tomahawks réson-
nant sur les crânes comme sur
des cailloux, le cliquetis inex-

primable des couteaux de chasse, et puis, de temps à autre,
un gémissement humain lorsqu'une griffe crochue s'enfon-
çait dans les muscles de l'un de
nous? C'était un scène d'hor-
reur qu'aucune plume ne
saurait décrire avec exactitude.

Partout, sur la plate-forme,
les hommes et les ours tom-
baient ensemble, se débattant
dans cette lutte suprême, d'où
dépendait la vie ou la mort, à
travers les arbres et dans les
profondeurs de la neige, qu'ils
teignaient ensemble de leur
sang.

A droite, deux ou trois chasseurs n'avaient qu'un ennemi
à combattre; à gauche, un
d'entre nous, plus brave, se

défendait tout seul. Plusieurs
étaient déjà étendus par terre,
et à chaque instant, les ours,
victorieux, diminuaient le
nombre des nôtres.

J'avais été renversé dès le
commencement de l'action.
Lorsqu'il me fut possible de
me remettre sur mes jambes,
je vis l'animal qui m'avait atta-
qué étreindre dans ses bras le
corps d'un homme qui gisait à
terre. C'était Garey. Je me
penchai sur l'ours et je le saisis
par l'échine, afin de me soute-
nir, car j'étais tout étourdi de
faiblesse ; nous en étions tous
réduits là. Je frappai de toute
ma force, et je lui enfonçai mon
couteau dans les côtes.

L'animal féroce lâcha aussitôt le Français, et se retourna contre moi. Je voulus éviter son étreinte, et tout en marchant à reculons, je me défendis avec mon couteau.

Tout à coup j'arrivai près d'un trou rempli de neige et je tombai sur le dos. Au même instant, je sentis sur moi le corps pesant du grizzly, et le contact de ses griffes qui s'enfonçaient profondément dans mon épaule. L'haleine fétide du monstre me suffoquait, et tandis que je frappais au hasard de mon bras droit demeuré libre, nous roulâmes, à plusieurs reprises, l'un sur l'autre.

J'étais aveuglé par la neige ; mes forces m'abandonnaient ;

je perdais tout mon sang. Je poussai enfin un cri de désespoir; mais ma voix était si faible, qu'il eût été impossible de l'entendre à dix pas de moi. Un sifflement étrange parvint à mes oreilles; une lueur brillante me passa devant les yeux; un objet incandescent s'approcha de mon visage au point de me roussir la peau; je sentis une odeur de poils brûlés; j'entendais des voix qui se mêlaient aux rugissements de mon adversaire. Tout à coup les griffes se retirèrent de ma chair, le poids qui oppressait ma poitrine disparut; j'étais seul, tout à fait seul.

Je me remis sur mes pieds, et me frottai les yeux pour en

faire disparaître la neige qui m'aveuglait. Lorsque j'eus recouvré la vue j'eus beau regarder, je ne vis plus rien, j'étais plongé dans un trou profond, creusé par la lutte ; mais tout était calme devant moi.

La neige qui m'entourait était rougie par le sang ; mais qu'était devenu mon terrible adversaire ? qui m'avait délivré de son étreinte mortelle ?

Je parvins sur la plate-forme en chancelant. Là une autre scène vint frapper mes regards. Un homme d'un aspect bizarre et fantastique courait de tous côtés tenant en main un tison gigantesque, la cime d'un pin tout entier enflammée comme

une torche, qu'il brandissait
dans l'air. Il poursuivait un
ours, et l'animal, hurlant de
rage et de douleur, faisait tous
ses efforts pour atteindre les
rochers. Deux autres de ces
monstres les avaient déjà gra-
vis à moitié, bien qu'avec
peine, car le sang coulait en
abondance de leurs flancs cri-
blés de blessures.

L'animal poursuivi atteignit
les hauteurs, poussé par la
flamme qui lui rôtissait les
côtes. Il fut bientôt hors de la
portée de son ennemi, qui
aussitôt se tourna vers un
quatrième aux prises avec deux
ou trois de nos compagnons.
Celui-ci fut encore mis en
fuite et alla rejoindre ses cama-

rades sur les rochers. Le chasseur fantastique cherchait le
cinquième, mais il avait dispa-
ru. Le sol était jonché d'hommes blessés et presque sans
mouvement ; quant à l'ours, on
n'en voyait point de traces. Il
avait dû s'échapper sous la
neige.

J'en étais encore à me deman-
der quel était l'homme au tison
et d'où il avait pu venir. J'ai
déjà dit que c'était un individu
d'un aspect extraordinaire, et
je n'ai rien exagéré. Il ne ressemblait à aucun des chasseurs
de notre caravane, du moins
je ne le connaissais pas. Il avait
la tête chauve ou plutôt entièrement rasée. On ne découvrait
aucun cheveu ni sur le crâne

ni sur les tempes ; son front dénudé reluisait à la lueur du feu comme de l'ivoire poli. Mon esprit flottait encore dans une incertitude sans pareille, lorsqu'un de nos compagnons, Garey, encore étendu sur la plate-forme où l'avait couché un des ours, se leva tout à coup sur ses jambes en s'écriant :

— Bravo , docteur ! Mes amis , trois hurrahs pour le docteur !

A mon grand étonnement, je reconnus alors les traits de notre camarade, qui par l'absence de sa brune chevelure, avait opéré en lui une métamorphose si complète, que jamais je n'aurais pu croire qu'une

perruque pût changer à ce point
la physionomie d'un chrétien.

— Voilà votre toupet, docteur! s'écria Garey, qui accou-
rait porteur du « gazon ». De
par le tonnerre! vous nous avez
tous sauvés. Et le chasseur
étreignit l'Allemand dans ses
bras nerveux.

Partout, autour de nous, on
ne voyait que des blessés, qui,
rampant sur la neige, se réuni-
rent peu à peu. Mais où pouvait être le cinquièm› ours,
puisqu'on n'en avait vu que
quatre s'enfuir à travers les
rochers?

— Le voilà, fit une voix.

Une légère ondulation sous
la croûte de la neige nous prou-
va que quelque animal cher-

chait à se frayer un passage en dessous.

Plusieurs d'entre nous prirent leurs carabines pour se mettre à sa poursuite ; le docteur s'arma d'un nouveau tison ; mais bien avant que nous eussions eu le temps de faire nos préparatifs, un cri formidable vint encore faire figer notre sang dans nos veines. Aussitôt les Indiens, saisissant leurs tomakaws, s'élancèrent en bondissant vers l'ouverture du sentier. Il savaient bien ce que voulait dire ce « whoop » inattendu : c'était le cri de mort d'un guerrier de leur tribu.

Ils se glissèrent dans le sentier que nous avions frayé le matin, suivis de ceux qui avaient pu recharger leurs armes. Du sommet de la plate-forme, nous les suivions d'un œil inquiet ; mais avant qu'ils ne fussent arrivés au lieu du combat la voix s'était éteinte. Il nous parut évident que la lutte avait cessé.

Nous attendions dans un morne silence. Le mouvement de la neige nous indiquait la rapidité de la course des Peaux-Rouges. Ils arrivèrent enfin sur le champ de bataille ; mais une fois parvenus là, comme tout rentra dans le calme le plus profond, nous prévîmes qu'une catastrophe était arrivée. Le sort de l'Indien nous fut bientôt annoncé par une exclamation sauvage pleine de tristesse qui fit retentir l'écho du canon entier de ces accents lugubres ; elle annonçait la mort d'un guerrier thawano.

Ils avaient trouvé leur brave camarade expirant au moment où il avait planté son couteau dans le cœur de son terrible adversaire !...

Ce souper de viande d'ours nous coûtait cher ; mais la mort de notre camarade sauvait la vie des autres ; c'était un sacrifice providentiel !

Nous gardâmes le bouquetin pour le repas du lendemain ; le jour suivant nous mangerions la racine, et après cela... quoi ? — Un homme, peut-être.

Heureusement, nous ne fûmes pas réduits à cette extré-

mité. La gelée était revenue, et
la surface de la neige, détrem-
pée d'abord par le soleil et la
pluie, se durcit bientôt et put
supporter notre poids. Il nous
fut enfin possible de sortir de
ce dangereux passage et de ga-
gner tranquillement les régions
plus tempérées de la plaine.

CHASSE A LA VIGOGNE

Lorsque Pizarre et les Espagnols qui l'accompagnaient furent parvenus au sommet des Andes du Pérou, ils éprouvèrent un étonnement sans pareil en voyant devant eux des quadrupèdes ignorés, des moutons-chameaux, comme on les nommait à cause de leur ressemblance avec ces deux animaux. Il y avait là des lamas domestiques qui portent des bagages, et des alpagas, plus

petits que leurs congénères,
parqués comme le sont les brebis et bien soignés à cause de
leur riche toison.

Mais ils remarquaient, en outre à l'état sauvage deux autres
espèces d'animaux de la même
famille, qui ne se plaisaient
qu'au milieu des gorges des
vallées inhabitées de cette chaîne de montagnes. C'étaient la
vigogne et le guanaque.

Récemment encore, on s'était
imaginé que le guanaque était
le lama à l'état sauvage; d'autres assuraient que c'était le
lama redevenu libre. Mais rien
du tout ceci n'est fondé. Les
quatre espèces de cette famille
d'animaux, le lama, l'alpaga,
le guanaque et la vigogne sont

tout à fait distinctes les unes des autres, et quoiqu'il ne soit pas impossible de dresser le guanaque à faire l'office de bête de somme, les services qu'il rend ne valent pas la peine qu'on prendrait pour cette éducation. L'alpaga n'est jamais soumis à ces travaux domestiques. A cause de sa toison, on le parque et on le mène paître comme on le fait des brebis. Sa laine est préférée à celle du lama.

Le guanaque est peut être celui des quatre qui est le moins apprécié, car sa toison n'a pas précisément de valeur, et sa chair n'est pas très bonne à manger. Bien au contraire, la vigogne porte une toison très recherchée, et qui dans les villes des Andes, se vend cinq fois plus cher que la laine d'alpaga. Les poncho que l'on fabrique au moyen de ce produit animal s'achètent à des prix fabuleux : de vingt à quarante guinées. Dans les Cordillières, les riches propriétaires se couvrent les épaules avec ces manteaux de forme bizarre, dont la qualité est telle, que pour la plupart du temps la pluie ne pénètre pas au travers; aussi est-ce pour eux un motif de se targuer de leur richesse, quand ils peuvent se passer un pareil poncho. Dans toutes les classes de la société, du haut en bas de l'échelle, chaque Péruvien possède un poncho comme, aux Etats-Unis ou en Europe, chaque individu est muni d'un manteau ou d'un paletot : mais ces vêtements, chez les classes pauvres, tels que laboureurs, bergers et mineurs indiens, sont tissés de poils de lama rudes et peu soyeux. Il n'y a que les « ricos » qui puissent se passer la fantaisie d'un poncho élégant de laine de vigogne.

Eu égard au commerce de cette laine, dont la finesse est sans pareille, l'animal, comme on le pense bien, est traqué par des chasseurs sans nombre, pour qui un heureux résultat est une source intarissable de profits. Dans plusieurs régions des Andes, il y a des chasseurs de vigognes qui n'ont pas d'autre occupation que celle-là. On rencontre même des tribus entières d'Indiens, qui, chaque année, font, pendant plusieurs mois la chasse aux vigognes et aux guanaques. En s'avançant plus au sud, du côté de la Patagonie, on trouve des tribus entières qui ne vivent que de la chasse aux guanaques, aux vigognes et aux rheas, sorte d'autruche de l'Amérique du Sud.

La chasse aux vigognes n'est point chose facile, et celui qui veut s'y livrer doit se résigner à s'aventurer dans les parties les plus froides des Andes, loin de toute civilisation , privé de tout le confort de la vie. Il lui faut tantôt camper en plein air, tantôt se coucher au fond d'une grotte ou à l'abri d'une hutte grossière qu'il est obligé de construire lui-même. Le climat, aux intempéries duquel il est forcé de se soumettre, est aussi glacial que celui de la Laponie, et il ne trouve nulle part la moindre brindille de bois pour allumer un peu de feu. N'est-il pas obligé, s'il veut faire cuire ses aliments, d'enflammer les excréments desséchés qu'il trouve disséminés sur les plateaux où paissent les vigognes?

Si la chance ne lui est pas favorable, il est souvent réduit aux angoisses de la faim, et ne peut l'apaiser qu'en se nourissant de racines et de baies, dont quelques espèces rares, —le tubercule nommé «maca» entre autres — croissent heureusement dans ces régions élevées. Il est en outre exposé aux périls d'un chemin bordé de précipices, aux dangers d'un pont suspendu sur un abîme, aux obstacles d'une passe glissante, aux tourbillons d'un torrent impétueux qu'un orage d'une heure amène inopinément au milieu du sentier — le seul pratiquable — au milieu duquel il se trouve. Combien de dangers menacent le chasseur au milieu des Andes aux cônes ardus et aux pics neigeux : C'est une vie semée d'obstacles périlleux, à la tête desquels se présente la mort !

Lors de mon voyage au Pérou, j'avais mis dans mes projets de me donner le plaisir d'une chasse à la vigogne. Je voulus en avoir le cœur net, et pour cela je quittai un matin une des villes des sierras basses (basses terres) pour m'aventurer sur les hauteurs des Andes, dans les parages connus sous le nom de Puna, et qualifiés quelquefois de l'épithète « despoblado », qui veut dire pays inhabité, en bon espagnol.

Je parvins enfin au sommet des Cordillières, à l'entrée d'une plaine à laquelle aboutissait une passe hérissée d'obstacles, le long d'une ravine profonde. Ce lieu était situé à douze ou quatorze mille pieds au dessus

du niveau de la mer, et moi, qui
le matin avais quitté les vallées
fertiles où croissent les oran-
gers et les palmiers, je me trou-
vais parvenu dans une région
glaciale et stérile. De tous côtés des montagnes pelées se
dressaient devant moi, les unes
arides et formées d'une pierre
noire, maintes fois saupou-
drées de neige, et les autres
offrant à la vue cette teinte
bleuâtre propre aux rochers
sur lesquels l'avalanche s'est
fondue, ne pouvant pas y sé-
journer. La plaine qui était devant moi paraissait se prolon-
ger à plusieurs milles d'une
manière circulaire. C'était une
surface plate, accidentée çà et
là par des rochers semblables

à une vague prolongée au milieu d'une mer unie. Qu'on se figure un terrain nivelé, et rayé de distance en distance par une boursouflure volcanique large de plusieurs mètres.

Ces tables — c'est ainsi qu'on les nomme — sont trop froides pour être cultivées. Il n'y peut pousser que de l'orge et certaines racines originaires des régions arctiques. Le sol est couvert d'une herbe, le « ycha, » qui sert de nourriture aux lamas. C'est donc comme lieu de pacage que ces tables sont fréquentées par les Péruviens. Rien n'est plus curieux que de voir ces troupeaux à moitié sauvages d'alpagas et de lamas femelles entourés de leurs petits obéissant à un berger dont l'aspect est plus bizarre encore que celui des quadrupèdes qui l'environnent. Ces hardes d'animaux peuvent seules animer le paysage abrupte de ce pays perdu. Dans les airs planent le vautour géant et le condor, qui viennent s'abattre sur un pic un peu escarpé. Çà et là, sous une roche qui l'abrite contre la furie des vents, s'élève la hutte pétrie de boue du vaquero, — le berger de ces troupeaux d'une espèce nouvelle, qui ne marche jamais sans être accompagné par plusieurs mâtins d'un naturel intraitable et dont la morsure est des plus dangereuses. Ce sont là les seuls indices d'habitations ou d'êtres vi-

vants que l'on rencontre à plus
de cent milles à la ronde. Cette
terre inculte, placée par la nature au sommet des Andes,
est, comme je vous l'ai dit, ap-
pelée Puna par les naturels.

Là, se plaisent particulièrement les vigognes : c'est là
aussi que l'on rencontre sur sa
route le chasseur qui leur fait
une guerre à outrance. J'avais
été recommandé à l'un de ces
Nemrods péruviens. et après
avoir passé la nuit dans une
cabane de berger, je partis de
grand matin pour trouver mon
homme, à dix milles plus loin
dans le cœur des montagnes.

Je parvins d'assez bonne
heure à la cabane qu'il s'était
construite, et, malgré la hâte

que j'avais mise dans ma
course, je ne trouvai pas le
chasseur chez lui : je l'attendis,
et le vis bientôt revenir portant
dans chaque main une brassée
de petits quadrupèdes morts.
C'étaient des chinchillas et des
viscachas, qu'il avait pris au
piège la nuit précédente. Il
m'assura que presque tous ces
animaux vivaient encore il y a
peu d'heures, car ce n'est qu'au
point du jour qu'ils quittent
leurs terriers pour aller aux
gagnages.

Ces deux espèces de ron-
geurs, qui, à peu de chose près,
ressemblent à nos lapins d'Europe par la forme et la fourrure, ont aussi des mœurs
identiques. C'est au milieu des

crevasses des rochers qu'ils cherchent un refuge contre le danger, à l'exemple des lapins dans leurs excavations. On leur fait naturellement la chasse à l'aide des mêmes engins que ceux employés par les fureteurs en Europe ; tantôt au moyen de collets tendus sur leur passage ou à la gueule de leur terrier, tantôt en mettant des poches sur les trous mêmes. La seule différence qui existe entre les chasseurs péruviens et les braconniers d'Europe, c'est que les premiers n'emploient que des lacets en crin de cheval, tandis que les autres se servent de fils de laiton. Le chinchilla est bien plus beau que le viscacha, et les fourreurs apprécient

au plus haut degré sa peau,
douce au toucher et d'un gris
marbré, — l'une des mieux
vendues, — particulièrement
renommée parmi les dandys
des villes européennes.

Le chasseur mon hôte reve-
nait de faire sa tournée, et se
proposait d'écorcher les quadrupèdes qu'il avait rapportés.
Il était entouré d'une demi-
douzaine de chiens-renards originaires du pays, si je ne me
trompe.

Je ne fus pas longtemps à
m'apercevoir que ces horribles
cerbères à une seule tête avaient
des dispositions fort hostiles.
A peine m'eurent-ils éventé
qu'ils aboyèrent avec rage, et
s'élancèrent en grondant au

poitrail de mon cheval. Deux entre autres poussèrent l'audace jusqu'à me monter dessus: ils auraient indubitablement atteint mes mollets, si je n'eusse eu la précaution de replier mes jambes à la hauteur de ma selle et de les maintenir pendant quelque temps dans cette position. Je suis persuadé que si j'avais été à pied les maudits chiens m'auraient dévoré. Ce qu'il y a de certain, c'est que de toute la race canine celle des montagnes du Pérou est la plus méchante et la plus hargneuse. Ces mécréants avaleraient les amis de leurs maîtres, et ceux-ci ne peuvent eux-mêmes en venir à bout qu'en les fustigeant à grands coups

6

de bâton. Tout me porte à croire que les chiens que l'on rencontre parmi les tribus des Indiens de l'Amérique du Nord ont les mœurs à peu près semblables, mais je ne pense pas qu'ils soient plus méchants que leurs cousins indomptables du désert du Puna.

Ces animaux ont ordinairement pour maîtres des Indiens, et un fait digne de remarque, c'est qu'ils sont plus hostiles aux blancs qu'aux hommes de couleur. Rien n'est plus difficile au monde, pour un visage pâle, que de se lier d'amitié avec un de ces chiens hargneux.

Après bien des pourparlers entremêlés de coups de houssine et de bâton, mon hôte le

chasseur parvint à faire com-
prendre à sa meute que je n'é-
tais pas venu là pour me faire
dévorer. Je descendis alors de
cheval, et j'entrai ou plutôt je
me glissai dans l'intérieur de
la hutte.

Je vous l'ai déjà dit, mes
amis, cette habitation n'était
pas autre chose qu'un antre
sauvage composé d'un mur
pétri de boue et de cailloux,
haut d'environ cinq pieds, sur
lequel étaient placés de longs
pieux qui servaient de poutres.
Ces pieux provenaient des longues tiges fleuries de l'aloès
américain ou maguey « agave
americana », la seule substance
ligneuse qui poussât dans ces
parages. Ces poutres, serrées

l'une contre l'autre, étaient recouvertes, d'une épaisse litière
de gramen du Puna, dont chaque brassée se trouvait retenue
au moyen de cordes faites avec
cette même plante ; de cette
manière, les rafales et les ora-
ges, très fréquents dans cette
partie des Andes, n'avaient pas
de prise sur cette construction
éphémère.

Au centre de la cabane, dans
l'intérieur, quelques grosses
pierres marquaient la place du
foyer. La fumée s'échappait par
le haut de cette hutte, à travers
un trou laissé exprès pour cet
usage sur un des côtés de la
toiture.

« Le propriétaire de cette cabane était un Indien pur sang,

issu de l'une de ces tribus des
montagnes, que la domination
espagnole ne put jamais atteindre. Un certain nombre de peu-
plades de cette race, réfugiées
dans des districts très éloignés,
ne s'étaient point voulu soumettre aux « repartimientos »
(répartiments), et cependant les
missionnaires avaient réussi à
les conquérir à la foi chrétienne.
C'est ce qui faisait donner à ces
Peaux-Rouges à moitié civili-
sés le nom de « Indios mansos »
— Indiens apprivoisés — tandis que ceux qui vivaient à l'é-
tat sauvage, et qui de nos jours
encore, ne reconnaissent pas
de pouvoir suprême, sont ap-
pelés « Indios bravos » — Indiens indomptables.

Comme vous le voyez, lecteurs, j'étais arrivé à point pour prendre part à la chasse de mon nouvel hôte : il me reçut avec aménité, et m'engagea à partager son déjeuner, qu'il fit cuire lui-même en sa qualité de célibataire, et qui se composait de maïs grillé et de millet bouilli — « macas » — placée sur un plat d'étain autour d'un chinchilla rôti.

Heureusement pour moi, j'avais emporté une gourde pleine jusqu'au goulot d'eau-de-vie de Catalogne, et, grâce à une fontaine d'eau fraîche qui coulait à quelques pas, je pus faire descendre au fond de mon estomac ce déjeuner assez peu sybaritique. J'avais aussi avec moi du tabac bien sec et du papier à cigarettes, au moyen, duquel je pus fumer à mon aise, tandis que mon Indien se prépara une chique de « coca » sorte de thé péruvien très usité, et employé de cette manière par les habitants. Le chasseur de vigognes portait toujours avec lui un sachet rempli de feuilles de « coca » sèches à point.

Nos préparatifs une fois terminés, nous partîmes pour la chasse. Nous devions, afin de réussir, observer le plus profond silence : aussi nos chevaux furent solidement attachés à la hutte ; l'Indien enferma les chiens à l'exception d'un seul, un féal et docile limier, et nous pressâmes le pas, dans la direction du nord.

A l'extrémité de la plaine, nous entrâmes dans une gorge de la chaine de montagnes qui nous conduisit au dessus d'un ravin rocailleux, au fond duquel bouillonnait un torrent. L'eau, d'intervalles à intervalles, franchissait un obstacle et retombait écumante en forme de cascade. L'arête sur laquelle nous avancions était souvent très étroite, et nos pieds avaient toutes les peines du monde à ne pas glisser sur une couche épaisse de neige qui recouvrait le rocher. Nous avions l'intention de parvenir, si faire se pouvait, sur un plateau plus élévé, où suivant l'opinion de mon guide, une harde de vigognes passait tranquillement au milieu d'une prairie isolée.

Au dessus de ma tête, pendant que nous montions, un bruit se fit entendre, et machinalement je levai les yeux. J'examinai attentivement quelle était la cause de cette alerte, et je distinguai à trente mètres de nous, sur le rocher opposé, une demi-douzaine d'animaux de forte taille, d'une couleur brune très foncée, qu'au premier aspect je pris pour des cerfs. Peu d'instants me suffirent pour me convaincre de mon erreur. Ce n'étaient point des cerfs, mais des animaux aux pieds légers comme eux. Ils sautaient de roche en roche, et s'aventuraient le long des passes étroites des falaises ainsi que le fait un chamois au dessus des précipices alpestres.

— Cela doit être des vigognes, dis-je à mon compagnon.

— Non, répondit-il, ce sont des guanaques et pas autre chose.

J'exprimai mon désir d'essayer mon adresse sur l'un d'eux.

— N'en faites rien, ajouta le chasseur, qui devina mon intention, la commotion de votre arme à feu effrayerait les vigognes, et comme je le pense, elles sont dans la plaine qui se trouve très près d'ici. Je sais où retrouver ces guanaques, dans un défilé du voisinage: nous leur ferons visite à notre **retour.**

Je retins donc mon index, prêt à toucher la détente de mon fusil, quoique les guanaques fussent à portée ; mais je ne voulais point empêcher mon Indien de faire une chasse plus profitable à ses intérêts, celle des vigognes, et nous continuâmes notre route. Je suivis des yeux les guanaques, qui disparurent enfin dans une gorge obscure, entre deux mamelons des Andes.

— Nous les retrouverons là-bas, murmura mon camarade à mon oreille, car c'est là leur remise habituelle.

Ce sont de magnifiques bêtes que ces guanaques, c'est là un noble gibier, comme l'est le cerf lui-même. Il existe pour-

tant entre eux et les vigognes
une grande différence, car,
tandis qu'on ne les trouve ensemble qu'au nombre de six à
dix, douze tout au plus, les vigognes, au contraire, se réu-
nissent souvent en troupeaux
de quarante à cinquante. Les
deux espèces ont aussi dans
leurs mœurs des habitudes tout
à fait opposées. Les guanaques
se plaisent au milieu des roches
escarpées, ils ne se sentent les
coudées franches que lorsqu'ils
peuvent sauter d'abîme en
abîme, d'arêtes impraticables
sur des pics impossibles à l'approche de l'homme. Mais, bien
au contraire, si on les lance
sur une plaine sans obstacle,
couverte d'herbages divers,

ils sont ahuris et ne savent pas courir; leurs sabots ne semblent pas être faits pour un autre sol que celui des montagnes. D'un autre côté, les vigognes ne se défendent bien contre l'attaque de l'homme que sur un terrain horizontal ; là, elles fuient avec la rapidité des cerfs devant les chasseurs et les chiens. Comme vous le voyez, ces deux espèces, malgré leurs liens de famille, diffèrent entre elles en ceci, c'est que l'une ne se plaît qu'au centre des tables plates des Andes, et l'autre au milieu des difficultés insurmontables des Cordillières montagneuses. La nature les a, du reste, pourvues conformément à leur position sociale dans le pays qui leur est destiné. 7

Nous nous hâtâmes de franchir encore quelques arêtes dangereuses taillées sur le flanc d'un rocher, et nous arrivâmes, l'Indien et moi, à l'entrée d'une plaine où, selon l'espoir de mon guide, nous devions rencontrer les vigognes. Notre attente ne fut point déçue. Devant nous, à deux cents mètres, paissait tranquillement une harde de ces quadrupèdes. C'était beau à voir, et leur aspect majestueux me rappelait celui des magnifiques dix cors de nos forêts d'Europe. A tout prendre, on aurait pu les confondre avec nos grandes bêtes, lorsqu'à une certaine époque de l'année leur bois est tombé. Il est certain que, de

tous les animaux, à l'exception
de l'antilope, celui qui se rap-
proche le plus du cerf est sans
contredit la vigogne. Le lama,
l'alpaga et le guanaque sont
loin d'avoir des proportions
pareilles. La forme de la vigogne est svelte, son allure légère et rapide, et ce qui ajoute
encore plus à cette ressemblance avec le cerf, c'est la longueur du cou et la conforma-
tion de la tête. La couleur de
cet animal est aussi toute parti-
culière à l'espèce, et, pour ceux
qui habitent le pays, rien n'est
plus facile que de distinguer au
milieu du paysage la robe
soyeuse d'une vigogne rouge
orangé, qui se découpe au loin
sur l'horizon quel qu'il soit,

formé de rochers ou bien de verdure. Cette couleur est si admirable, que, dans le Pérou, la «color di vicuna» est une qualification spéciale.

Mon guide chasseur avait donc déclaré que les animaux que nous avions devant nous étaient des vigognes : il y en avait environ une vingtaine, qui toutes, à l'exception d'une seule, broutaient tranquillement les herbages de la plaine.

L'animal qui s'abstenait de prendre sa nourriture marchait en avant, à quelque distance des autres, et paraissait faire l'office de sentinelle. C'est qu'en effet il faisait sa faction afin de remplir ses devoirs de chef de la harde, de mari et de père des

vigognes qui l'entouraient.
Nous avions devant nous le
patriarche du troupeau, et les
autres animaux, suivant le dire
de mon compagnon, n'étaient
que des faons ou des biches.

Le mâle vigoureux défend
son habitation avec une rage
dont rien ne saurait donner une
idée. C'est lui qui veille sur sa
famille pendant qu'elle est au
pacage ou tandis qu'elle dort ;
c'est lui qui choisit et désigne
la prairie sur laquelle on va
faire halte pour se reposer ou
pour brouter, c'est lui enfin
qui marche en tête dans les
excursions de découvertes et
qui fuit le dernier, protégeant
l'arrière-garde, lorsque la harde
a été pourchassé.

— Plût à Dieu, senor cavalier, me dit le chasseur, qui ne perdait pas de vue le troupeau de vigognes, que j'eusse la chance d'abattre le vieux mâle : je viendrais facilement à bout du reste, et les tuerais toutes les unes après les autres.

— Comment cela ? lui demandai-je

— Oh ! continua-t-il, c'est que... Ah ! voici justement ce que je désirais !

— Quoi donc !

— Les voilà qui se mettent en marche du côté des rochers que vous voyez là-bas ; et il me montrait un groupe de pierres abruptes, pareille à des dolmens druidiques, qui surgissaient du sol à l'un des angles de la plaine : il faut, senor, nous rendre là. Vamos !

Nous nous glissâmes en conséquence avec précaution tout autour de la bordure de la montagne, jusqu'aux rochers qui se trouvaient entre nous et la harde de vigognes. Une fois là, rien ne fut plus facile que de nous faufiler entre les pierres, et nous prîmes position derrière un bloc percé au milieu, qui qui paraissait avoir été fait exprès pour nous servir de meurtrière. C'était bien le meilleur affût qu'il fût possible de désirer.

Le moment était solennel, car les animaux se trouvaient près de nous, à portée de fusil : je tenais en main mon rifle à deux coups, chargé soigneusement de chevrotines, et mon compagnon caressait amoureusement la crosse d'une longue canardière de fabrique espagnole.

Il murmura à mon oreille les instructions qu'il avait à me donner pour réussir dans notre chasse. Je ne devais pas tirer avant lui, et mon premier soin serait de tuer le vieux mâle, qu'il visait aussi lui-même. C'était là le point essentiel pour réussir, et je lui promis de faire de mon mieux.

Les vigognes, ignorant le danger, avançaient toujours, le mâle marchant le premier. Il se prélassait, la tête en l'air, et laissait flotter au vent les longues soies de sa poitrine. Nous ne le perdions pas de vue. Il était si près de nous, qu'on pouvait facilement distinguer

ses yeux brillants et sa démar-
che orgueilleuse chaque fois
qu'il se retournait pour faire
signe à sa famille de le suivre.

Tout me porte à croire qu'il
est tourmenté par les vers, me
dit à voix basse mon compagnon, et, dans ce cas, il va
venir se gratter contre le
rocher.

C'était en effet l'intention de
la vigogne, car nous la vîmes
allonger le cou et s'avancer au
petit trop jusqu'à quelques pas
de nous. Puis tout d'un coup
il s'arrêta. Le vent nous favori-
sait ; il nous apportait les éma-
nations de l'animal, et, c'était
fort heureux, car, s'il en eût été
autrement, nous eussions
depuis longtemps été éventés.
Néanmoins la vigogne éprou-

vait un vague soupçon, car elle s'arrêta soudain, releva la tête, frappa à diverses reprises le sol du pied, et poussa un cri étrange, qui ressemblait à s'y méprendre, à celui du cerf qui brame. Au même instant le rifle de mon compagnon fit feu : ce fut l'écho du cri de la vigogne mâle qui bondit à un mètre au dessus de la terre et retomba morte, les quatre pieds en l'air.

Je m'attendais à voir les autres prendre la fuite, et j'allais à mon tour décharger mes deux coups de fusil sur la harde effrayée, quoiqu'elle fût encore à une trop grande distance, lorsque la main de mon guide m'empêcha de donner suite à cette velléité bien naturelle.

— Ne tirez pas, murmura l'Indien à mon oreille, vous allez, dans un moment, avoir une meilleure chance, — regardez! feu! maintenant si cela vous plaît.

A ma grande surprise, les vigognes, au lieu de fuir, s'avançaient en trottant vers l'endroit où le vieux mâle gisait étendu mort. Elles couraient autour de lui, s'arrêtant par intervalle devant la pauvre bête, et poussaient des gémissements qui fendaient le cœur.

Vraiment c'était un triste spectacle, mais le chasseur est sans pitié, surtout quand il a devant les yeux du gibier, du vrai gibier. Une seconde me suffit pour épauler, viser et lâcher mes deux coups de fusil : tous deux portèrent juste et firent chacun une victime.

J'avais fait coup double, et malgré la détonation, quand la fumée se dissipa, nous aperçumes encore la moitié de la harde couchée et frappant la terre du pied.

Les autres n'avaient rien changé à leurs allures : elles trottaient, comme si de rien n'était, autour du cadavre de leur sentinelle.

Un troisième coup de fusil fit une autre victime, et sans discontinuer le feu, au bout de dix minutes, nous avions abattu mortes ou mourantes toutes les vigognes de la harde !

F.N.

Limoges. Imp. E. Ardant et Cie.